Kaipaavin
terveisin
Anette

Sonja Sungvist

Kaipaavin terveisi Anette

2017 Sonja Sungvist
Kustantaja: BOD-Books on Demand,
Helsinki, Suomi
Valmistaja: BOD-Books on Demand,
Norderstedt, Saksa
IBSN:978-952-339-563-3

1

Marraskuun ilma oli tuulinen ja harmaa kuin hautausmaa jossa Anette seisoi. Hän oli kaunis ja tyylikäs keski-ikäinen nainen. Hetken etsittyään hän huomasi kukin ja seppelein koristellun haudan..... Isänsä haudan. Hän seisoi pitkään haudan äärellä tuntematta surua tai menetystä isänsä kuolemasta.

Hän ei tuntenut mitään....vain tyhjyyttä.

Isä oli jäänyt hänelle vieraaksi ja etäiseksi kuten äitikin, vaikka olivat kerran olleet hänen vanhempansa.

Hän oli saanut tiedon isänsä kuolemasta seurakunnan vanhalta pastorilta. Tiedon hän oli saanut liian myöhään ehtiäkseen hautajaisiin.

Anette toivoi saavansa vastauksia…….

Hauta ei vastannut. Hän laski seppeleen, seisoi vielä hetken ja poistui.

Hän tunsi itsensä surulliseksi, ei isänsä kuoleman johdosta vaan hän tunsi surua lähes aina. Kaunis ja surullinen….niin hänestä sanottiin. Suru oli hänessä hyvin syvällä se oli osa hänen elämäänsä.

Hän oli menossa lähellä olevaan hotelliin yöksi. Ystäviä tai tuttavia hänellä ei täällä ollut. Syötyään illallisen ja käytyään suihkussa hän matkasta väsyneenä kävi levolle.

Uni antoi odotuttaa itseään ja ajatukset vaelsivat kauas……

Hän syntyi vuosikymmeniä taaksepäin eteläsuomalaisen kartanon kasvatiksi, perheensä ainoaksi lapseksi. Varhaislapsuudestaan hän ei muista juuri mitään. Hänen äitinsä kuoli tytön ollessa parivuotias. Itsemurha....kerrottiin Anettelle vuosia myöhemmin. Hänen äitinsä oli ollut nuori ja hyvin kaunis..... sanottiin. Anetten isä oli ollut vaimoaan huomattavasti vanhempi. He olivat tavanneet lomamatkalla jo puolen vuoden päästä vietettiin häitä. Anette syntyi vajaan vuoden päästä. Alkutaival oli ollut hyvää ja onnellista aikaa. Amanda täti joka oli isän vanhempi sisko muutti kartanosta antaen nuorelleparille perherauhan.

Anetten isä oli kuitenkin tottunut vapauteen, olihan hän naimisiin mennessään liki neljänkymmenen. Lapsen synnyttyä hän viihtyi yhä vähemmän kotona. Nuori vaimo ei kestänyt yksinäisiä iltoja eikä miehensä naisseikkailuja vaan masentui ja päätyi epätoivoiseen tekoon.

Hautajaiset olivat pienet ja koruttomat. Amanda täti jäi kartanoon joksikin aikaa. Pian kaikki palautui lähes ennalleen. Isä oli poissa kotoa ja täti palasi kaupunkiin. Pieni Anette jäi hoitajan ja palvelusväen huomaan. He pitivät tuosta hiljaisesta ja arasta tytöstä.

Tyttö puolestaan viihtyi hyvin palvelusväen ja heidän lastensa seurassa joista sai ystäviä itselleen. Isä oli paljon poissa eikä tytärtään kaivannut. Tämä puolestaan pelkäsi isäänsä. Isä oli luonnostaan ankara mies nyt vaimonsa kuoltua entistä kiivaampi. Hän oli rakastanut vaimoaan. Tavalla jolla osasi. Hän oli rakastunut vaimonsa nuoruuteen ja kauneuteen. Nuoruus oli asia joka teki avioliitosta vaikean. Vaimo oli ollut hänestä liian riippuvainen....odotti häntä kotiin iltaisin. Kaipasi kahdenkeskisiä iltoja ja romantiikkaa. Liian pitkään vapaana ollut mies ei osannut enää täysillä sitoutua. Ei ymmärtänyt ehdotonta rakkautta jota vaimo

odotti. Hän tunsi syyllisyyttä
vaimonsa kuolemasta.
Katsellessaan tytärtään hän näki
vaimonsa silmät. Totiset ja surulliset.
Tyttö muistutti äitiään, siksi hän
vältteli tyttöään. Aika auttaisi....hän
ajatteli.

Tytön ollessa vajaan viiden isä
ilmoitti, että Anette muuttaisi
Amanda tädin luokse kaupunkiin.
Hänen oli tarkoitus koulun alettua
asua tätinsä luona. Olisi hyvä, jos
hän jo totuttelisi..... näin hänelle
sanottiin. Totuus oli kuitenkin toinen,
isä oli löytänyt uuden naisen josta
toivoi puolisoa itselleen. Tällä
kerralla kyseessä oli kypsä nainen
jonka omat lapset olivat jo aikuisiän

kynnyksellä eikä naisella ollut halua enää pienen tytön äitipuoleksi. Isä sen sijaan tunsi vanhentuneensa eikä ollut halukas yksinäiseen vanhuuteen, joten tämä olisi sopiva ratkaisu..... olisihan tytön parempi tädin luona.

Kun lähtöpäivä koitti oli Anette sekä palvelusväki lapsineen surullisia. Kyyneleitä vuodatettiin puolin ja toisin. Palvelusväki oli vihaisia lapsen isälle jolta ensin vietiin äiti ja nyt tytön oli väistyttävä vieraan naisen tieltä. Olihan lomat ja tyttö tulisi käymään, lupasi Amanda täti. Täti asui omassa talossaan kaupungin liepeillä. Häntä ei ollut siunattu omalla perheellä, sillä parhaat vuodet olivat menneet nuoremman veljensä huolehtimisessa. He olivat jääneet nuorina orvoiksi, joten vastuu veljestä jäi hänelle. Hän oli luonteeltaan vakaa ja rauhallinen joskin ankara. Täysin veljensä vastakohta. Veli oli ollut hänen silmäteränsä ja siksi saanut paljon anteeksi varsin villinä nuoruusvuosinaan. Kun veli kysyi, josko tyttö muuttaisi hänen luokseen aiemmin kuin oli sovittu hän suostui. Anettelta kukaan ei kysynyt haluaako hän muuttaa vai ei. Tyttö oli tottelevainen ja taipui muiden tahtoon. Elämä tädin hoivissa oli yksinäistä aikaa pienelle tytölle. Harvoin hän kävi enää kartanossa.

Jouluna isä haki heidät luokseen.

Silloin tyttö sai huomata, että suurin osa palvelus väestä oli lähtenyt ja loput lähdössä. He olivat lähteneet lojaalisuudesta Anetten äitiä kohtaan..... tuota herkkää nuorta naista kohtaan. Uusi emäntä ei heitä miellyttänyt, kun vielä lapsenkin laittoivat pois.

Olihan Anette ymmärtänyt, että isällä oli uusi vaimo mutta siitä ei puhuttu.

Ei hän osannut ajatella tätä äitipuolena, miksi olisikaan? Ei nainenkaan osoittanut häntä kohtaan mitään lämpimiä tunteita.

Sen joulun Anette muistaa..... silloin kerrottiin, että kartano myydään ja isä uusine vaimoineen muuttaa ulkomaille. Vain he kaksi Anette

aloittaisi koulunkäynnin tädin luona.
Ei hän osannut surra kartanon
myymistä vaan palvelusväen ja
heidän lastensa lähtöä.
Hyvästellessään tyttö aavisti, ettei
tulisi enää näkemään noita
lapsuusajan parhaita ystäviä. Siihen
jouluun päättyi Anetten lapsuus.

Alkoi kouluvuodet ja se oli aralle
tytölle vaikeaa. Tosin tottelevainen
tyttö sopeutui hyvin ja hänet todettiin
lahjakkaaksi oppilaaksi varsinkin
luovuus nousi esiin. Hän sai myös
muutamia ystäviä mikä helpotti
yksinäisyyttä.
Isäänsä hän ei nähnyt. Anette jatkoi
koulunkäyntiä tätinsä hoivissa
hyvällä menestyksellä. Tämä piti

huolta hänen arkeensa ja koulunkäyntiin liittyvistä tarpeista mutta psyykkinen puoli jäi tädiltä huomioimatta. Sen vuoksi tytön itsetunto oli kovin hauras edes hyvä koulumenestys ei sitä nostanut. Murrosikään tullessa hänestä puhkesi kaunis nuori nainen. Hän muistutti paljon äitiään....sanottiin. Anette kaipasi äitiään, olisi niin monta asiaa jotka vain äiti olisi tiennyt. Oman naisellisuuden herääminen oli hämmentävää aikaa eikä kukaan neuvonut tai tukenut. Amanda täti oli vanhoillinen ja lapseton eikä osannut oikealla tavalla neuvoa. Koulussa sai tietoa mutta ei tukea. Niinpä tyttö joutui

taistelemaan murrosiän lähes omin
voimin.

Usein hän mietti äitinsä ratkaisua.

Mikä ajoi äidin epätoivoiseen
tekoon? Kauniin nuoren naisen äidin
ja aviovaimon? Ei hän tuominnut
äitiään...ei....hän olisi halunnut
vastauksia. Niitä hän ei saisi.

Anetten varttuessa myös pojat
kiinnittivät huomiota kauniiseen ja
hiljaiseen tyttöön. Moni ihaili häntä
kaukaa, sillä tuo hiljaisuus teki pojat
epävarmoiksi. Jos tämä olisi ollut
riehakkaampi häntä oli ollut
helpompi lähestyä. Hillitty hiljaisuus
teki hänestä vaikean lähestyttävän.

Koulukaverit olivat löytäneet
poikaystäviä itselleen mutta Anettea

ei seurustelu vielä
kiinnostanut….sen aika tulisi vielä.
Aika tuli. Se tuli rippileirillä. Siitä tuli
romanssi josta puhuttiin pitkään ja
paheksuvasti. Eihän se mitään, jos
kysymyksessä olisi ollut ikätoveri
mutta kysymyksessä oli rippi-
isä….nuori pastori. Tuo pastori
huomasi saman minkä muutkin
pojat, hillityn ja hiljaisen, hyvin
kauniin tytön. Myös hänen
surullisuutensa teki vaikutuksen
nuoreen pastoriin.
Anette puolestaan ihastui lempeään
ja ystävälliseen nuoreen mieheen.
Mieheen joka iltaisin soitti heille
kitaraa ja lauloi. Oli selvää, että he
tiesivät toistensa tunteet. Ei
seurustelu vielä rippileirillä alkanut

molemmat tiesivät sen
mahdottomaksi. Oli vain odotettava,
kunnes leiri ja konfirmaatio olisi ohi.
Salaa vaihdettiin kirjeitä ja
suunnitelmia tehtiin.
Aikanaan leiri päättyi ja konfirmaatio
päivä koitti. Isä ei vaivautunut
paikalle lähetti kuitenkin
tervehdyksen. Amanda täti sekä
muutama ystävä olivat paikalla.
Kovin oli pieni Anetten onnittelijoiden
joukko. Myös rippi-isä onnitteli.
Alkoi oikea seurustelu mutta vielä
salassa, olihan Anette vielä nuori.
Vaikea oli keksiä tädille selityksiä,
minne olisi menossa tyttö, kun viihtyi
yleensä illat kotona. Niinpä hän
kertoi tädille menevänsä

seurakunnan vapaaehtois ryhmään.

Sehän sopi tädille.

Pastori asui seurakunnan yksiössä

jossa rakastavaiset viettivät

aikaansa. Anette oli viimein

onnellinen. Hän ei enää tuntenut

yksinäisyyttä ja surumielisyys väistyi

silmistä. Pastori oli herrasmies ja

kunnioitti tytön nuoruutta. Amanda

tädille kerrottaisiin, kun aika olisi.

Anette jatkoi koulua päivisin ja

menestyi.

Joulukuun alussa pastori sai kutsun

seminaari päiville. Eihän seminaari

kauan kestäisi, viikko vähän toista.

Jouluksi tulisi kotiin.

Joulu lähestyi pastoria ei kuulunut.

Tuli viesti seurakuntaan, tämä oli

joutunut kotimatkalla

onnettomuuteen. Vastaan tuleva pakettiauto törmäsi pastorin autoon. Hänet kiidätettiin lähimpään sairaalaan missä joutui koomaan. Anette sai tiedon tapahtuneesta seurakunnan kautta. Ensin hän ei ymmärtänyt...ei halunnut. Sitten tuli järkytys mutta ei kyyneleitä. Niiden aika ei ollut vielä. Tuskan ja kivun lisäksi tuli viha, nyt kun häntä vihdoin rakastettiin se riistettiin. Amanda täti oli ymmällään olihan hän kuullut puhuttavan nuoresta pastorista joka oli pidetty varsinkin nuorten keskuudessa. Miksi Anette näin rajusti reagoi? Olihan tyttö herkkä... mutta silti?

Aattona tuli viimein vapauttavat kyyneleet, ikävää eivät nekään helpottaneet. Silmät turvoksissa ja hiljaisuuden vallitessa nautittiin jouluateria. Joulukirkkoa ei tyttö pystynyt edes ajattelemaan eikä täti uskaltanut jättää tyttöä yksin. Kerrottiin pastorin olevan edelleen koomassa. Vanhemmat valvoivat poikansa vuoteen vierellä, myös seurakuntalaiset muistivat nuorta pastoria rukouksin.

Anette laahusti päivästä toiseen välittämättä mistään. Muutaman päivän päästä hän alkoi voimaan pahoin..... silloin hän ymmärsi......

Olihan se tapahtunut kuitenkin, vaikka päätettiin odottaa. Kahdenkeskiset illat olivat liian suuri houkutus. Olihan tarkoitus kihlautua ja avioitua. Ei voi sanoa, että pastori olisi vietellyt Anetten. Tyttö oli itse yhtä halukas kokemaan rakkauden, ellei jopa halukkaampi kuin pastori. Mistä apua? Mietti Anette. Lapsen isä on koomassa sairaalassa, omaa isää ei voinut edes ajatella apuun. Entä Amanda-täti? Ymmärtääkö hän? Kyllä Amanda täti ymmärsi sen, että hän odottaa vauvaa, kun hän kertoi. Muuta hän ei sitten ymmärtänytkään. Eihän tyttö ollut edes seurustellut? Oliko hänet raiskattu? Ei kuulema ollut raiskattu vaan lapsen isä makaa koomassa sairaalassa. Oikein pastori vielä? Sen tähden tyttö siis järkyttyi niin kovasti kuullessaan onnettomuudesta? Sitä siis olivat seurakunnan vapaaehtoistyöt? Siinä he itkivät ja kauhistelivat tilannetta nuo kaksi naista. Toinen nuori toinen vanha. Toinen elämänsä keväässä toinen syksyssä. Amanda täti itki ja mietti....olisi tytön isän asia nyt auttaa tyttöään. Ottaisi tytön luokseen ranskaan, tyttö synnyttäisi siellä myöhemmin isänsä tukemana jatkaisi opintojaan. Entä pastorin vanhemmat? Olihan he kristittyjä ihmisiä, eikö heidän velvollisuutensa ollut auttaa? Entä hän itse? Ei hän jaksaisi enää vauvan kanssa. Hän ei ollut hoitanut vauvaa edes nuorempana. Tyttö ei yksin jaksaisi oli vielä niin nuorikin, ei edes kahdeksaatoista.

Miten he kestäisivät ulkopuoliset paineet? Heitä osoitettaisiin sormella, kuiskuteltaisiin, tuomittaisiinkin. Parempi tytön olisi päästä pois toiselle paikkakunnalle. Hän kirjoittaisi tytön isälle sekä ottaisi selvää pastorin vanhemmista. Niin hän tekisi. Hän ei kuitenkaan ehtinyt sillä luonto teki tehtävänsä. Anette heräsi yöllä koviin tuskiin ja huomasi sängyllä verta. Täti soitti ambulanssin mutta jo soittaessaan hän tiesi mistä oli kysymys. Keskenmeno..... nuori elimistö ei jaksanut kantaa pientä ihmistaimea. Anette toipui hitaasti ensin sairaalassa sitten kotona. Tieto keskenmenosta kulki. Kuka oli isä? Miten se on mahdollista eihän tyttö edes seurustellut? Joku oli tosin nähnyt hänen menevän pastorin

asuntoon, eihän siinä mitään
ihmeellistä kävihän pidetyn pastorin
luona paljon nuoria. Muistivat
leiriläiset kyllä pitkät katseet, oli vaan
totuttu siihen, että Anettea
katsellaan.....
Kun Anette voimistui hän teki
suunnitelmiaan. Pastori ei heräisi
enää koomasta...kerrottiin. Koulua
hän ei täällä enää jatkaisi, hän
muuttaisi pois. Ei hän jaksaisi täällä
missä kaikki muistuttaa lempeästä
nuoresta miehestä jota hän
rakastaa.
Toipumisajan tyttö pysytteli sisällä
vältellen ihmisiä. Seurakunnan
työntekijät soittelivat mutta tyttö ei
suostunut puhumaan kenenkään
kanssa. Kouluun ilmoitettiin tytön

pitävän välivuotta. Amanda täti kesti puheet ja kuiskaukset pystyssä päin. Isälle ei ilmoitettu vielä, odotettiin kunnes tyttö kotiutui uudelle paikkakunnalle. Yksin oli Anetten lähdettävä, täti oli liian vanha lähtemään. Anette olisi vielä halunnut edes nähdä rakkaansa mutta se ei ollut mahdollista. Kun lääkärit kertoivat vanhemmille, ettei heidän poikansa heräisi enää koomasta ja että tämä olisi aivokuollut saivat he luvan irroittaa letkut. He hautasivat poikansa hiljaisuudessa eikä Anette saanut tietää minne. Se oli kallis hinta ensirakkaudesta…..

Talvisena pakkasaamuna täti saattoi Anetten rautatieasemalle. Tyttö oli lähdössä toiselle paikkakunnalle mistä oli vuokrattu asunto. Tarkoitus oli aloittaa myös koulu, kunhan tämä ensin kotiutui. Hyvästellessään tyttöä tunsi täti haikeuden mielessään. Vaikka hän ei ollut erityisen lapsirakas oli veljen tyttärestä tullut hänelle kuitenkin rakas. Hän tunsi suorastaan sääliä katsoessaan noita surullisia silmiä. Miten tyttö pärjäisi yksin?

Anette pärjäsi. Hän oli nokkela ja kekseliäs. Hän sisusti asuntoaan, kokkaili ja ulkoili paljon. Ikävä ja suru olivat vielä läsnä mutta uusi paikkakunta myös tervehdytti.

Koska lukukauden alkuun oli vielä aikaa päätti Anette etsiä töitä, työ auttaisi myös yksinäisyyteen. Hän sai paikan eräästä vaateliikkeestä myyjänä. Siellä hän myös viihtyi. Kaunis ja hillitty myyjä miellytti myös asiakkaita. Hän sai kiitosta työstä sekä ihailua osakseen. Ulos kutsuja tuli niin asiakkailta kuin miespuolisilta työtovereilta. Niihin Anette ei vastannut, sillä haavat olivat vielä tuoreet. Amanda täti oli ainoa johon hän piti yhteyttä. Tyttö huomasi ikävöivänsä tuota kylmäkiskoista ja ankaraa tätiään. Hän tiesi, että sydämessään hän rakasti Anettea. Käymään hän ei vielä menisi..ei pystyisi vaan pyytäisi tädin luokseen.

Täti saapuikin jo seuraavana viikonloppuna ja sai ilokseen huomata, että veljentytär oli kotiutunut ja pärjäsi hyvin. Surullisuus ei ollut väistynyt mutta voimia oli tullut. Tyttö tuntui viihtyvän työpaikassaan ja pian alkaisi koulukin uudelleen. He viettivät mukavan viikonlopun ja sunnuntai iltana Anette saattoi tätinsä junaan. Anetten päivät kuluivat töissä ja illat ulkoillen, edes elokuvissa hän ei käynyt, ei kiinnostanut.

Muutaman viikon kuluttua Anettea pyydettiin töissä puhelimeen. Tuli suruviesti jälleen. Täti oli nukkunut pois….kertoi seurakunnan työntekijä. Kun tätiä ei ollut tavoitettu puhelimella meni seurakuntalainen

kotiin varmistamaan. Täti oli
nukkunut rauhallisesti pois...kertoi
lääkäri myöhemmin Anettelle.

Olihan tyttö ihmetellyt itsekin, kun oli
yrittänyt soittaa eikä täti vastannut
mutta huolestua hän ei osannut sillä
tiesi tädillä olevan paljon
harrastuksia.

Tädin poismeno toi pintaan vielä
arvella olevat haavat. Hän oli
menettänyt nuoren elämänsä aikana
kaikki läheisensä. Ensin äitinsä
sitten isänsä sekä lapsuusajan
ystävät, sitten rakastamansa miehen
sekä heidän syntymättömän lapsen.
Nyt tädin. Anette otti yhteyttä
isäänsä kysyen
hautajaisjärjestelyistä, tämä ilmoitti,
etteivät he pääsisi hautajaisiin, joten

toivoi myös tytön huolehtivan niistä.
Isä ei kysynyt mitään tyttärensä
elämästä, joten ei Anettekaan
kertonut kuulumisiaan.
Hän piti töistä muutaman viikon
loman hautajaisia varten.
Ensimmäisen kerran lähtönsä
jälkeen hän saapui kaupunkiin jossa
oli viettänyt elämänsä parhaat ja
pahimmat vuodet.
Seurakuntalaisten avustuksella hän
järjesti tätinsä viimeisen matkan.
Muisti Puheessaan hän kiitti
vilpittömin sydämin tätiään vuosien
huolenpidosta. Seppelettä
laskiessaan hän tunsi itsensä
orvoksi. Tädin pieni jäämistö oli
testamentattu hänelle. Rahallista
arvoa ei jäämistössä ollut....oli

kuitenkin tunnearvoa. Kun sunnuntai ilta koitti ja Anette lähti rautatieasemalle hän aavisti, ettei tulisi enää koskaan asumaan täällä, ainoastaan kävisi tätinsä haudalla. Seurakuntalaiset ymmärtäisivät....olivat luvanneet hoitaa tädin hautaa. Yksi ovi oli sulkeutunut hänen elämässään.

Eräänä päivänä liikkeeseen saapui huomiota herättävän charmikas ja tyylikäs vanhempi herrasmies. Hänellä tiedettiin olevan miesten pukuliike läheisessä kaupungissa. Eronnut kahden teini ikäisen tyttären isä....tiedettiin. Mies huomasi kauniin tytön tiskin takana. Anette puolestaan ei lämmennyt vielä kenenkään katseille, surutyö oli vielä kesken.

Eräänä iltana liikkeen sulkemisen jälkeen mies odotti Anettea kysyen saisiko kävellä tämän rinnalla jonkin matkaa sekä odottamatta vastausta sovitti askeleensa Anetten askeliin. Yhdessä he kävelivät lähes puhumatta tytön kotiovelle jonne mies hänet saattoi.

Seuraavana ja sitä seuraavana iltana mies odotti jälleen, kunnes siitä tuli tapa. Miestä kiehtoi Anetessa kauneuden lisäksi myös tämän rauhallisuus ja surumielisyys. Mitä se kätkee sisälleen….? Ei hän rohjennut heti kysellä, pelästyttäisi pian. Anette piti myös miehestä joka oli tahdikas ja hienotunteinen häntä kohtaan.

Pikkuhiljaa he ystävystyivät. Anette sai miehestä kaipaamansa ystävän. Mies antoi ensin tilaa ystävyydelle ennen kuin suhde etenisi, olihan tyttö kokenut paljon kuluisi aikaa, kunnes luottaisi. Myös mies oli kokenut katkeran eron eikä halunnut enää kiirehtiä, olisi parempi edetä hitaasti.

Pian hänen oli aika palata liikkeensä pariin mutta tulisi usein käymään.

Niin hän tulikin. Kaikki mahdollinen vapaa aika vietettiin yhdessä ja suhde olikin valmis etenemään.

Hiukan ihmetellen katsottiin tuota romanssia, sillä olihan ikäeroa aika lailla. Anettea se ei kuitenkaan haitannut, hän oli viimein onnellinen ja se myös näkyi hänestä. Hän hymyili ja säteili. Mies rakasti ja arvosti häntä niinkuin vain kypsä mies rakastaa. Anette puolestaan palvoi miestä.

Muutaman kuukauden jälkeen oli selvää, että he sinetöivät suhteensa, niin varmalla pohjalla suhde oli. Anette muuttaisi miehensä kotikaupunkiin missä yhdessä jatkettaisiin liikkeen hoitoa. Niin tehtiin. Anette hyvästeli työtoverinsa ja lähti jälleen uuteen kaupunkiin tällä kertaa hyvin onnellisena. He sisustivat miehen asunnon yhteiseksi kodikseen. Anette tunsi rajatonta iloa, olihan tämä hänen ensimmäinen kotinsa miehen kanssa. Hän sai lähes vapaat kädet sisustamisessa. Myös tyttöjen huone sai uuden ilmeen, sillä he viihtyivät usein isänsä luona. Anette oli jo ehtinyt tutustua tyttöihin ja piti näistä. Myös tytöt pitivät Anettesta.

Häät pidettiin vain todistajien läsnä ollessa, sillä Anettella ei ollut ketään lähiomaisia. Hänen isänsä ei enää pitänyt yhteyttä ei vastannut tytön viesteihin. Muita hänellä ei ollut. Nyt hänellä oli aviomies. Vain miehen tytöt olivat häissä mukana.

Häämatka tehtiin Karibialle risteillen. Se oli myös Anetten ensimmäinen ulkomaanmatka. Sen matkan he molemmat muistaisivat.......matka oli täynnä romantiikkaa ja hellyyttä, intohimoa ja kiihkoa. Illat ja yöt vietettiin hytissä päivät auringosta nauttien.

Kaikki loppuu aikanaan niin myös häämatka. Omaan kotiin oli hyvä palata. Anette aloitti työt miehensä rinnalla heidän yhteisessä liikkeessään. He olivat pidetty pariskunta, miehen ystävät ja tuttavat pitivät Anettesta. Enää Anette ei tuntenut yksinäisyyttä. Vain hyvin harvoin hän muisti nuorta pastoria ja heidän syntymätöntä lastaan.

Oli tullut perheenlisäyksen aika. Yrityksistä huolimatta Anette ei tullut raskaaksi, joten hän tilasi ajan lääkäriltä. Tutkimusten ja kokeiden valmistuttua lääkäri vahvisti sen mitä oli epäillyt. Raju keskenmeno nuorella iällä oli vaurioittanut elimistöä eikä Anette tulisi enää raskaaksi. Ei edes hormonihoidot auttaisi.

Ahdistuneena hän odotti miestään kotiin. Miehen tullessa tämä huomasi uutisen vaimonsa kasvoista. Hän yritti lohduttaa vaimoaan, liitto olisi hyvä ja onnellinen näinkin. Olihan heillä jo kaksi tytärtä hänen edellisestä liitostaan.

Kyllä hän ymmärsi, että Anette naisena kaipasi lasta olisi hän itsekin halunnut yhteisen lapsen tämän rakastamansa naisen kanssa.

Hänellä ei ollut varaa epätoivoon, sillä hänen oli säästettävä voimansa nuoren vaimonsa tukemiseen.

Miehensä ja tämän tyttärien tukemana Anette pikkuhiljaa piristyi. Olihan hänellä kuitenkin paljon aviomiehistä parhain kaksi kultaista tytär puolta sekä menestyvä liike. Mies halusi viedä Anetten lomalle piristymään. Tytöt otettiin mukaan. Yhdessä lähdettiin Kreikan saaristoon. Matkasta tuli mukava perheloma. Nautittiin auringosta, uitiin, syötiin kreikkalaista ruokaa, katseltiin nähtävyyksiä.

Lähtöä edeltävänä päivänä päätettiin käydä vuoristossa. Anette jäi toisen tytön kanssa kahvilaan istumaan isän mennessä toisen tytön kanssa kuvaamaan vuoristoa. Sitä mitä tapahtui he eivät nähneet....mutta heille kerrottiin. Isä ja tytär eivät huomanneet varoituskylttiä vaan menivät liian lähelle reunaa jolloin reunakivet sortuivat ja molemmat horjahtivat alas. Tytär kuoli heti, isä menetti tajuntansa mutta taisteli. Kun Anette ja toinen tytöistä sai tietää mitä oli tapahtunut tuli pimeys. Anette pyörtyi shokista, tytär kirkui. Molemmat kiidätettiin samaan sairaalaan mihin isä ja toinen tytöistä oli viety.

Isä taisteli teholla, Anette ja tytär saivat rauhoittavia ja niiden vaikutuksesta nukkuivat monta päivää. Kunnes tuli päivä jolloin lääkäri katsoi parhaaksi vähentää lääkkeiden käyttöä. Anette oli pitkään unen ja valveillaolon välimaastossa. Hän muisti mutta ei tahtonut muistaa ja se hidasti voimistumista. Tuli päivä jolloin hän jaksoi nousta ja hoitaja vei hänet katsomaan miestään. Se oli raskas päivä. Mies oli yhä tajuton ja hänen kasvoissaan oli ruhjeita. Lääkäri ei osannut sanoa tulevasta, päivä kerrallaan mentäisiin....Molemmat tyttäret oli lennätetty Suomeen, toinen arkussa toinen paareilla.

Isä ei tiennyt tyttöjen kohtalosta mitään. Anette taas oli tuskasta ja lääkkeistä turta. Lääkäri alkoi pikkuhiljaa valmistelemaan myös heitä kotimatkaa varten..... sitten kun Anette jaksaisi. Heidät molemmat vietäisiin sairas lennolla Suomeen.

Heidät vietiin. Mies sai parhaasta sairaalasta paikan jossa myös Anette viipyi jonkin aikaa, kunnes vahvistuisi. Suurimman osan päivästä hän vietti miehensä vuoteen vierellä. Piti kädestä. Puhui. Toivoi että mies kuulisi ja heräisi. Tuli päivä jolloin Anette oli valmis kotiin, hänellä olisi niin paljon asioita hoidettavana. Mies oli heillä se joka hoiti käytännön asiat lukuun ottamatta kotiin liittyviä jotka Anette hoiti. Nyt kaikki jäisi hänen vastuulleen, hyvä niin....työ auttaisi surussa. Liikkeen työntekijöiltä hän sai apua ja tukea liikkeen hoidossa. Hetkeäkään hän ei epäillyt, etteikö hänen miehensä selviäisi, odottaminen oli silti tuskallista.

Mies toipui. Eräänä iltapäivänä sairaalasta soitettiin ja kerrottiin miehen tulleen tajuihinsa. Anette kiiruhti miehensä luokse ja huomasi tämän heränneen. Lääkäri oli varoittanut, ettei tämä vielä muistaisi kaikkea ja olisi hyvin väsynyt. Ei jaksaisi vielä kauan hereillä. Anetten hän tunsi, piti kädestä ja nukahti. Anette itki nyt ilosta mies toipuisi hän uskoi. Hän mietti miten kertoisi miehelle suru uutiset? Miten voi isälle kertoa tyttären kuolemasta? Miten kertoa tämän hautajaisista jonne isä ei päässyt? Entä toisen tyttären epätoivosta ja surusta jolle ei näy loppua? Kestäisikö mies? Anette oli varoen soittanut miehen entiselle vaimolle kysyen tytön vointia. Tämä oli kylmän asiallisesti ilmoittanut että hautajaiset oli pidetty vain lähimpien läsnä ollessa eikä toinen tytöistä toipuisi enää ennalleen. Muutaman päivän päästä hän sai lääkäriltä kutsun tulla luokseen. Tämä kertoi, ettei hänen miehensä ehkä kävelisi enää koskaan. Anette ei tiennyt mitä ajatella….. hänelle oli pääasia, että mies oli hengissä. Entä mies? Miltä tuosta voimakkaasta ja tähän asti terveestä miehestä tuntuisi istua pyörätuolissa? Toisten autettavana. Oliko lääkäri varma? Tällä hetkellä oli….koskaan ei tosin ollut mahdotonta. Pääsisihän mies kuntoutukseen.

Yhdessä he aikanaan kertoivat miehelle nämä uutiset kuin myös tyttäriä koskevat. Anette oli pyytänyt lääkäriä olemaan paikalla hänen kertoessa tytöistä, sillä hän pelkäsi miehen reaktiota. Eikä turhaan. Mies vaipui pitkäksi ajaksi omaan maailmaansa surren yksin. Ei edes Anettea päästänyt lähelle. Anetten oli raskasta seurata vierestä, kun mies vaipui yhä syvemmälle omaan suruunsa, myös hänen toipumisensa hidastui. Kesti lähes kolme viikkoa, kunnes hänet saatiin taas syömään. Päivisin Anette viipyi miehensä luona niin kauan kuin lääkäri salli. Tuli päivä jolloin lääkäri ehdotti, josko mies kaipaisi kotiin?

Muutaman viikon päästä voisi jo

kotiuttaa. Apaattisena mies myötäili, toivoi kai Anetten tekevän ratkaisut puolestaan. Anette teki ratkaisun, hän päätti olla vuorostaan vahva miehenkin edestä. Kun kotiinlähdön aika koitti oli hän laittanut kodin niin että miehen oli hyvä pyörätuolilla liikkua. Olihan mies tyytyväinen, kun pääsi kotiin mutta ei tuntenut mitään suurta iloa….ei pystynyt, oli ollut niin paljon surua. Anette ymmärsi, ettei mies tulisi koskaan entiselleen. Anetten tukemana tämä aloitti kuntoutuksen. Usein hän turhautui ja väsyi….mutta vaimo kannusti. Vaimonsa takia hän halusi jatkaa, näki kuinka paljon toinen yritti ja huolehti. Anette oli päättänyt jaksaa, olihan mies aina tukenut ja kannustanut häntä. Nyt olisi hänen vuoronsa. Hän tunsi itsensä vahvaksi, mies oli tehnyt hänestä vahvan ja itseensä luottavan.

Vähitellen hän sai miehen avautumaan ja puhumaan tuskansa ulos. Mies itki...itki kun ei pystynyt pelastamaan tytärtään....tunsi voimattomuutta toisen tyttären surussa....tunsi nöyryyttystä vaimon huolehtiessa hänestä....itki omaa avuttomuuttaan. Anette kuunteli ja lohdutti, olihan mies sentään elossa. Heillä olisi vielä monta hyvää vuotta, kunhan ensin totutaan ja sopeudutaan.

Vähitellen sopeuduttiin....niin ainakin uskottiin. Mies kävi kuntoutuksessa ja Anette töissä. Eräänä iltana hänen

tullessaan kotiin oli mies
nukkumassa. Hän ei kiinnittänyt
asiaan suurempaa huomiota, sillä
mies nukkui usein hänen tullessaan
töistä. Kun tämä ei alkanut herätä
Anette meni katsomaan...ja säikähti.
Hän näki tyhjän lääkepurkin tyynyn
alla. Mies oli saanut kipulääkkeitä
lääkäriltä joita hän ei ollut suostunut
syömään. Kauhu valtasi hänet, kun
hän ambulanssin soitettuaan puki
päälleen ja lähti tämän mukana
sairaalaan. Hänet vietiin suoraan
teholle....taas, missä tehtiin
vatsahuuhtelu. Lääkäri ilmoitti, että
seuraava vuorokausi olisi ratkaiseva.
Niinkuin olikin. Anette valvoi
sairaalassa, kun lääkäri kolmen
aikaan aamuyöstä ilmoitti miehen

nukkuneen pois. Hän yritti sisäistää tuota lääkärin sanomaa, ei hänen rakas miehensä ollut kuollut...ei...ei. Miten se oli mahdollista? Mieshän oli ollut selvästi piristymään päin. Oliko tämä vain näytellyt hänelle? Hän alkoi miettimään asioita ja ymmärsi että mies oli suunnitellut tätä pitkään. Ilmankos tämä ei ollut suostunut syömään kipulääkkeitä, vaikka olisi niitä selvästikin tarvinnut. Lääkkeitä tarvittiin tähän tarkoitukseen. Hän oli myös opettanut Anettelle paljon käytännön asioita joista oli itse huolehtinut. Mies ei ollut sittenkään sopeutunut osaansa vaikka hän niin luuli. Ei jaksanut istua pyörätuolissa eikä

halunnut olla riippuvainen
hänestä….vaimostaan.

Anette tunsi syyllisyyttä, eikö hän
pystynyt vakuuttamaan miestään
siitä miten paljon rakasti ja kunnioitti
tätä? Eikö tukenut tarpeeksi? Hän ei
koskaan tuntenut miestään taakaksi,
oli iloinen, että toinen oli hengissä.
Lääkäri ei päästänyt häntä kotiin
vaan piti sairaalassa ainakin yön
yli….. aamulla katsottaisiin.
Lääkäri lupautui myös ilmoittamaan
miehen tyttärelle isän kuolemasta,
sillä hän huomasi Anetten olevan
täysin pois tolaltaan.

Rauhoittavien lääkkeiden turvin
Anette selvisi seuraavista päivistä ja
viikoista. Hän oli sisäisesti kuollut. Ei
syönyt, ei itkenyt, ei nukkunut

lääkkeistä huolimatta. Hautajaiset
järjestettiin työntekijöiden ja ystävien
toimesta, Anette ei järjestelyihin
pystynyt.

Hautajaisissa miehen tytär tuki
Anettea sekä laski hänen kanssaan
seppeleen. Molemmat itkivät, toinen
aviomiestään, toinen isäänsä.

Anette ei noussut vuoteestaan ja
hänestä oltiin huolissaan. Tytär viipyi
Anetten luona jonkin aikaa, myös
ystävät ja liikkeen työntekijät yrittivät
auttaa.

Lääkärikin kutsuttiin tämä totesi
Anetten käyvän läpi surutyötä mikä
olisi vain hyväksi....

Joskus hän saattoi jo nousta ylös
muutamaksi tunniksi ja tuijottaa
apaattisena eteensä. Tuo hiljaisuus

olikin pahinta, sillä hän ei edelleenkään syönyt tai nukkunut saatika puhunut, ulkoilusta puhumattakaan. Viimein lääkärikin huolestui ja sai taivuteltua Anetten sairaalaan. Hänet laitettiin psykiatriselle osastolle lepäämään missä huolehdittiin hänen unen saannista ja ravinnosta. Myös lääkkeitä lisättiin. Kun hän hiukan voimistui alkoivat psykiatrin luona käynnit. Taitava psykiatri sai hänet viimein avautumaan ja puhumaan tuskastaan. Vihdoin tulivat myös kyyneleet. Pitkään kesti kuitenkin ennen kuin kotiuttamista uskallettiin ajatella. Kun kotiin lähtö lähestyi ehdotti lääkäri ympäristön vaihdosta....väliaikaisesti ainakin.

Eihän Anettella ollut paikkaa, minne mennä? Ei hän jaksaisi yksin edes matkustaa..... siinä lääkäri oli samaa mieltä. Entä hänen isänsä? Lääkäri voisi kyllä soittaa hänen puolestaan ja puhua isälle? Ei Anette osannut vastustaa olisi sama, minne hän menisi. Lääkäri soitti mutta katui pian. Puhelimessa hän kohtasi töykeän ja kylmäkiskoisen miehen joka kertoi, etteivät he olisi paikalla tällä hetkellä eikä näin ollen voisi ottaa tytärtä luokseen. He eivät tyttären kanssa olleet tekemisissä moneen vuoteen ja tytär olisi jo aikuinen jonka olisi huolehdittava itsestään. Lääkäri kertoi uutiset Anettelle tosin kaunistellun version, eipä tämä pettyneeltä vaikuttanut.

Varmistettuaan että tällä oli huolehtivia ihmisiä turvanaan ja että Anette jatkaisi vielä käyntejä hänen luonaan kirjoitti lääkäri hänet ulos….. lääkeresepti mukanaan. Ystävä huolehti hänestä päivisin, huolehti että hän söi, nukkui ja ulkoili. Ystävät ja tuttavat vuorottelivat öisin, ei uskallettu jättää vielä yksin. Anettea ei kiinnostanut mikään, elämänhalu oli kuollut miehen mukana.

Hän kävi miehensä haudalla ystävä mukanaan, yksin ei vielä uskaltanut. Anette ihmetteli omia tunteitaan, ei ymmärtänyt, että välinpitämättömyys jota hän tunsi johtui lääkkeistä joita hän söi. Hän ei huolehtinut enää ulkonäöstään ja kodinhoito jota hän ennen rakasti jäi ulkopuolisille. Liike oli aikoja sitten jäänyt muiden hoidettavaksi. Lääkäri ehdotti, josko lääkkeitä hiljalleen vähennettäisiin, väsyttää liikaa....Sitä yritettiin muttei onnistuttu vielä, sillä Anette ahdistui lisää eikä uskaltanut mennä edes ulos. Lääkitystä jatkettiin. Sivulliset huomasivat muutoksen Anettessa. Ennen aina huoliteltu ja kaunis nainen muuttui välinpitämättömäksi ulkonäön suhteen. Hän ei enää liikkunut ja lihoi, iho oli väritön ja harmaa, vaatteet hoitamattomat. Anettesta tuli myös ärtyisä eikä hän halunnut ketään lähelleen. Ennen aina ystävällisestä Anettesta tuli töykeä ja torjuva. Hän halusi olla yksin. Olihan hänellä lääkkeet..... Oli selvää, että hän oli tullut lääkkeistä riippuvaiseksi. Niiden tarkoitus oli ollut parantaa, nyt ne uhkasivat tuhota hänet. Hän ei itse ymmärtänyt tilaansa, muut ymmärsivät eivät vain tienneet miten saisi Anetten ymmärtämään? Lääkäri yritti….jos Anette tulisi sairaalaan, otettaisiin kokeita. Kokeita otettiin ja hän sai lähetteen nyt psykiatriseen sairaalaan….. olisi tehokkaampi hoito. Anette myöntyi välinpitämättömänä, olisi sama missä hän olisi.

Sairaala oli toisessa kaupungissa. Alkoi määrätietoinen terapia ja lääkkeistä vieroitus. terapiassa käytiin läpi hänen lapsuuttaan ja nuoruuttaan aina aikuisuuteen asti. Miehen kuolema oli ollut niin traumaattinen kokemus, että se oli tuonut myös käsittelemättömät ongelmat pintaan. Amanda sai huomata, ettei ollut kunnolla käsitellyt miehensä kuolemaa vaan torjunut sen....ei halunnut hyväksyä. Terapia kestäisi oman aikansa kuin myös lääkevieroitus. Vähitellen hän pystyi nukkumaan, ruoka maistui paremmin ja myös ulkoilu alkoi kiinnostaa. Hän otti myös osaa ryhmiin joita järjestettiin ja sai näistä kohtalotovereista myös uusia ystäviä. He jakoivat kokemuksiaan ja Anette sai huomata, ettei ollut ainoa joka ei osannut surra. Vierailut hänen luonaan sallittiin ja hän sai huomata miten paljon hänestä välitettiin...käskettiin levätä, kaikesta huolehdittaisiin....kodista ja liikkeestä. Hiukan toivuttuaan Anette huomasi miten huonossa kunnossa oli ollut. Miten muut olivat jaksaneet hänen kanssaan? Ei hän vielä ollut tervehtynyt siihen kuluisi aikaa, olisi monta terapia tuntia vielä jäljellä. Onneksi lääkevieroitus oli voitolla. Anette istuskellessa eräänä iltana oleskelu huoneessa saapui sinne uusi potilas. Anette ei ollut häntä ennen nähnyt, tätä pitkää, hoikkaa ja totista miestä. Esitteli itsensä Rumiksi, oli kuulemma lempinimi. Aamulla oli tullut. Tuli lähetteellä polilta, pelättiin hänellä olevan itsetuhoajatuksia. Olisi täällä tarkkailussa. Totinen mutta kuitenkin ystävällinen, huomasi Anette ja surullinen.....niin kuin he kaikki täällä. Ryhmässä mies kertoi olleensa masentunut pitkän ero prosessin vuoksi. Vaikka heillä oli yhteishuoltajuus ei hän nähnyt lapsiaan, sillä vaimo oli muuttanut lasten kanssa toiselle paikkakunnalle uuden miehensä luo. Lisäksi hän menetti työpaikkansa ja asuntonsa. Masentuneena hän ei jaksanut taistella lapsistaan.

He juttelivat usein keskenään iltaisin, sillä he olivat osastolla lähes ainoat jotka jaksoivat valvoa. Anette joka oli jo hieman toipunut kaipasi keskustelukumppania ja Rumi oli hyvä keskustelija ja kuuntelija. Mitään romanttista heistä ei kumpikaan halunnut edes ajatella....oli hyvä, kun oli joku ystävä.

Lääkäri kysyi Anettelta tahtoisi tämä lomalle? Lomaa voitaisiin jo ajatella koska hoito oli edistynyt hyvin. Anette pääsisi viikonlopuksi, jos tahtoi? Anette lähti. Hiukan jännitti, kun tuttava tuli hakemaan. Sairaalassa oli ollut turvassa ihmisten puheilta nyt heidät oli kohdattava silmästä silmään. Turhaan hän pelkäsi, kaikki olivat hänelle ystävällisiä. Kotona oli siistiä ja puhdasta, leivottukin oli. Anette halusi käydä myös liikkeessään tervehtimässä, olihan siitä aikaa, kun oli viimeksi käynyt. Myös miehensä haudalla hän halusi käydä....se oli asia jota lääkärin kanssa etukäteen käsiteltiin. Hän seisoi kauan haudan äärellä ja purskahti viimei itkuun josta ei meinannut loppua tulla. Nyt se oli tervettä surua. Nyt hän uskalsi ja osasi surra, ei hyväksynyt vielä mutta nöyrtyi julman totuuden edessä.

Vielä oli palattava sairaalaan. Anette ehdotti Rumille, että tämä tulisi pois päästyään asumaan hänen luokseen....töitäkin järjestyisi.

Rumille tämä oli ilo uutinen. Hän oli täysin suunnitelmia vailla, nyt olisi asunto ja töitäkin tarjolla.

Aikanaan he molemmat kotiutuivat, ensin Anette sitten Rumi. Oli helpompaa sopeutua yhdessä....kaksi siipirikkoa. Anette antoi Rumille töitä liikkeestä missä

myös itse työskenteli. Yhdessä he
asustelivat Anetten isoa taloa.
Toinen toistaan tukien he pääsivät
elämään kiinni.

Anette voimistui niin että alkoi
suunnitella pientä matkaa
itselleen..... johonkin lämpimään.
Rumi ja muut työntekijät
huolehtisivat liikkeestä. Talon voisi
jättää Rumin haltuun.

Niin hän matkusti etelän lämpöön.
Anettesta oli mukava huomata miten
hän taas luotti itseensä, lääkkeitä
hän käytti enää hyvin
harvoin....tarvittaessa. Hän kaipasi
tätä välimatkaa kaikkeen, sai
rauhassa ajatella. Miten järjestäisi
elämänsä eteenpäin? Myisikö
liikkeen vai pitäisikö vielä? Sitä hän

oli ajatellut usein....liikkeen
myymistä. Liike oli kuitenkin hänen
miehensä perustama, joten tuntui
petokselta häntä kohtaan myydä se.
Talo tuntui liian isolta hänelle nyt
kuitenkin Rumi oli onneksi
kotiutunut, joten sitä ei ollut syytä
myydä. Olihan talokin aikanaan
miehen ostama. Näitä hän mietti
lomalla omassa rauhassa.

Etelän lämmöstä nauttien hän kävi
päivisin uimassa, söi hyvin, katseli
nähtävyyksiä ja teki suunnitelmiaan.
Muutaman kerran hän myös
ahdistui. Loma toi mieleen muistoja
toisesta lomasta..... lomasta joka
päättyi aviomiehen kuolemaan. Asia
jota hän ei koskaan täysin
hyväksyisi, niin paljon hän oli

miestään rakastanut, ettei koskaan tulisi sinuksi hänen kuolemansa kanssa. Iltaisin hän käveli rannalla tai luki huoneensa parvekkeella, sillä minkäänlainen juhlinta ei häntä kiinnostanut.

Eräänä päivänä hänen syödessään lounasta hänen pöytäänsä istui lähes saman ikäinen mies kyynärsauvojen kanssa. Kysyttyään luvan istua hän esitteli itsensä Samueliksi. Anette totesi hänet sympaattiseksi mieheksi jolla oli kiltit silmät.

Hetken juteltuaan he huomasivat, että molemmat olivat lähteneet yksin lomalle ja lähes samoista syistä. Miehellä oli englannissa viinitila jonka hoitamisessa olisi kohta liian suuri työ kun liikkuminenkin alkoi olla hankalaa. Hänen tyttärellään oli oma elämä ei hän halunnut jatkaa isänsä työtä. Tuntui vaikealta luopuakin, kun oli edesmenneen vaimon kanssa yhdessä viinitilaa hoidettu. Nyt alkoi kuitenkin reuma tehdä tehtävänsä, joten ratkaisu pitäisi löytää.

He jatkoivat jutteluaan vielä iltakävelyllä jonne mies Anetten kutsui. Hän ihastui oitis tähän kauniiseen ja tyylikkääseen naiseen joka lisäksi oli vielä hyvä keskustelija, mutta hyvin vakavalta tämä näytti....Anette puolestaan ei osannut edes ajatella ihastumista enää mutta piti kyllä tästä ystävällisestä miehestä ja olihan hän

ollut koko loman yksin....Miehelle,
vieraalle oli helpompi puhua. Niinpä
hän kertoi tälle miehensä
kuolemasta, sairaala ajastaan aina
tähän päivään asti. Mies kuunteli ja
ymmärsi. Myös hänen edesmennyt
vaimonsa oli ollut usein
sairaalassa....katkolla.
Sairastui alkoholismiin. Yhdessä he
taistelivat hän vaimonsa rinnalla,
kunnes tämä parani ja avioliitto kesti.
Anette kunnioitti miestä, sillä tämä
muistutti paljon hänen kuollutta
miestään. He pitivät päivittäin seuraa
toisilleen. Käveltiin, keskusteltiin ja
syötiin yhdessä. Mies tunsi suurta
ihastusta tähän miellyttävään, joskin
vakavaan naiseen.

Kun loma läheni loppuaan mies
pyysi lupaa saada olla yhteydessä
Anetteen. Anette lupasi mutta toivoi
ettei mies odottaisi enempää, sillä
hän tuskin pystyisi enää edes
seurustelemaan. Mies suostui tähän
vaikkakin toivoi suhteelta enemmän.
Anette palasi kotiin levänneenä. Hän
oli päättänyt vielä toistaiseksi pitää
asiat entisellään.

Rumi oli hänen poissa ollessaan
löytänyt itselleen naisystävän josta
Anette oli iloinen. Tämä oli saanut
myös yhteyden lapsiinsa ja
tapaamisetkin oli sovittu. Anette oli
iloinen saadessaan auttaa tätä
vaikean vaiheen yli. Rumi oli hänelle
kuin veli jota hänellä ei koskaan ole
ollut.

Hänen oma elämänsä oli rauhallista ja tyyntä. Usein hän kävi miehensä haudalla miettien yhä mielessään tämän ratkaisun syitä.....

Päivisin hän vietti paljon aikaa liikkeessään. Liike oli menestynyt vuodesta toiseen hyvin, kiitos uskollisten työntekijöiden jotka heidän vaikeina vuosinaankin pitivät liikkeestä huolta.

Iltaisin hän viihtyi kotona Rumin ja tämän naisystävän seurassa. Ei hän muuta enää elämältä kaivannut.

Samuel soitteli kyllä, kyseli kuulumisia pyysi käymäänkin. Anette lupasi harkita.

Muutaman päivän päästä hän sai kirjeen entisen seurakuntansa vanhalta pastorilta. Siinä kerrottiin hänen isänsä kuolemasta. Yhdessä he ottivat selvää isänsä viimeisistä vaiheista ja saivat tietää tämän sairastelleen jo pitkään. Syynä alkoholi ja epäsäännöllinen elämä. Vaimo oli kuollut muutama vuosi aiemmin samoihin syihin. Huvila oli ajat sitten myyty ja he asuivat viimeiset vuodet vuokrakaksiossa. Isä loppuvuodet hoivakodissa.

Anette heräsi huonosti nukutun yön jälkeen ja kiirehti rautatieasemalle. Hänellä oli levollinen olo.

Hän tiesi mitä tekisi. Liikettä hän ei myisi vaan jatkaisi niin kauan kuin jaksaisi. Hänellä oli iso talo jossa olisi tilaa Rumille ja hänen naisystävälleen sekä Rumin lapsille. Rumin lasten kautta hän saisi tyydytettyä lapsen kaipuunsa. Edesmenneen miehen tytär kävisi myös usein hänen luonaan viipyen pitempiäkin aikoja. Anette tunsi, että moni tarvitsi häntä vielä. Hänellä olisi vielä paljon tehtävää. Samuelin luona hän kävisi myös jos mies tyytyy hänen ystävyyteensä, sillä hän ei voisi enää koskaan rakastua. Anette oli löytänyt rauhan.